CONSIDÉRATIONS
SUR LES BÈGUES

Conseils aux familles

CONSIDÉRATIONS

SUR

LES BÈGUES

CONSEILS AUX FAMILLES

Par M. l'Abbé J. TALAIRACH

Aumônier du Sacré-Cœur de Perpignan

Recommandez aux mères de famille de veiller sur l'apparition du *vrai* bégaiement enfantin, qu'il ne faut pas confondre avec le balbutiement enfantin : celui-ci est commun à tous les petits enfants et paraît ordinairement avant le vrai bégaiement. En le corrigeant méthodiquement, elles épargneront à leur enfant de longues et pénibles souffrances.

Dr A. Donnezan.

Prix : 50 centimes

En vente chez l'auteur

Chez Charles Latrobe	Chez Saint-Martory
Imprimeur-Libraire	Libraire
Perpignan	Perpignan

CONSIDÉRATIONS SUR LES BÈGUES

CONSEILS AUX FAMILLES

SOMMAIRE : I. Le premier manuel, le professeur et les parents. — II. Cinq préjugés. — III. Réponse à quelques questions.

I.

Le premier manuel, le professeur, les parents.

Lorsqu'on rencontre un bègue, on rit et l'on passe. Nous avons rencontré le bègue et nous nous sommes arrêté ; après avoir étudié, nous l'avons instruit ; et c'est parce que nous sommes convaincu, que nous nous sommes décidé à publier — dans un Manuel qui est le premier à l'adresse des bègues — le fruit de nos observations personnelles ainsi que la thérapeutique avantageusement employée par nos devanciers. Nous n'affichons pas le fol espoir d'éclairer tous les points obscurs du bégaiement : nous tâchons de *vulgariser* des moyens trop peu connus ; et, quoique nous n'écrivions ni pour les médecins, ni pour les savants, nous serions heureux si nous avions réussi à attirer sur cette importante question l'attention de plus compétents que nous.

Nous ne dirons pas au bègue : lisez, étudiez ce Manuel et vous serez guéri. On pourrait tenir ce langage si l'*anti-bégaiement* [1] était seulement une science, c'est-à-dire un ensemble de vérités acquises par la démonstration ; mais c'est aussi et surtout un art essentiellement pratique que l'élève doit apprendre en *écoutant*, en *regardant* et en *imitant* son professeur. Formerez-vous un soldat si vous vous bornez à lui expliquer la manière de faire l'exercice ou à mettre entre ses mains la théorie ? Par conséquent, on peut affirmer, en général, que le bègue qui n'a pas pour professeur une mère, un ami ou un spécialiste, ne se corrigera pas.

Quelques bègues, très intelligents et doués d'une grande énergie, pourront, en suivant les principes de notre Manuel, et en exécutant les exercices de notre Méthode, arriver, après beaucoup de temps et de fatigue, à un bon résultat ; mais la meilleure méthode d'anti-bégaiement a besoin d'un *sergent instructeur* qui exécute la manœuvre avant de la commander ; les progrès sont, ainsi, plus sûrs et plus rapides. On a vu des bègues occupant dans l'échelle sociale une haute position et d'ailleurs fort au courant de tout ce qui avait été publié sur le *redressement du bégaiement*,

[1] Nous sommes forcé d'employer ce néologisme parce qu'il n'y a, dans notre langue, aucun mot qui rende mieux notre pensée et précise davantage notre but. A une science relativement nouvelle, il est évident qu'il faut des mots nouveaux : c'est ainsi que le Dr Colombat s'est servi du mot *orthophonie ;* mais ce mot, s'adressant au redressement de tous les troubles de la parole, a l'inconvénient de n'être pas précis.

las de souffrir et de gémir en secret sur leur infirmité, ils se sont décidés à entreprendre, par principes et énergiquement, la correction de leur défaut. Armés de leur science et prenant leur courage à deux mains, ils ont voulu se traiter eux-mêmes. N'avaient-ils pas fait des études ? N'en savaient-ils pas plus qu'un simple spécialiste ? Voici ce qui est arrivé : après des efforts inouïs, pareils à ceux de Sisyphe, ils ont cessé leur pénible labeur en regardant au-dessous d'eux, d'un œil d'envie, tel ou tel bègue qui parlait correctement, tandis qu'ils bégaieront toute leur vie.

Par conséquent notre Manuel du Bègue n'a pas la prétention de supprimer le professeur. Au contraire, il pourra même, quelquefois, le faire surgir, et voici comment : petit et léger il lui sera facile de courir à travers le monde ; quoiqu'il résume de longues dissertations et de gros volumes, il ne se présentera pas avec l'appareil d'une science lourde et effrayante ; il entrera aisément au foyer de la famille. Il sera lu attentivement par les parents, car, exprès pour eux, nous descendons dans tous les détails et nous donnons l'étymologie ainsi que la signification des mots scientifiques que nous sommes obligé parfois d'employer. C'est ainsi que la mère, la sœur, l'instituteur, l'institutrice, un ami dévoué, pourront entreprendre, avec succès, le traitement de celui qu'ils ont si souvent plaint [1].

---

[1] Nous prions ceux qui avec le seul concours de notre Méthode ont obtenu sur eux, sur leurs parents ou sur leurs amis, un succès sérieux et maintenu, de vouloir bien nous en informer.

Cependant, savez-vous dans quel cas notre Manuel pourra faire obtenir, souvent, un succès complet ? Ce sera lorsque la mère — dont l'enfant commence à manifester les symptômes du *vrai bégaiement enfantin*[1] qu'il ne faut pas confondre avec le balbutiement enfantin commun à tous les petits enfants et qui ne vient ordinairement qu'après lui — se servira de nos procédés pour corriger, dès son apparition, ce vice de prononciation ; elle aura alors sous la main des moyens bien simples et trop peu connus pour redresser facilement ce défaut avant qu'il ait eu le temps de grandir et de se fortifier par l'habitude.

Mais pour que notre Manuel et notre Méthode d'anti-bégaiement atteignent leur but, il est utile : 1° de leur frayer le chemin en réfutant quelques préjugés très répandus ; 2° de répondre à plusieurs questions.

II.

Cinq préjugés.

Démontrer la fausseté d'un préjugé est souvent dangereux lorsqu'un auteur prend cette liberté dès le début ; il est alors fort à craindre que le lecteur froissé de voir attaquer si tôt ce qu'il caressait comme une vérité, ne cesse la lecture pour ne plus la reprendre.

---

[1] Voir le Manuel, IIe part., Chap. I, art. 1er et 2me ; Chap. II, art. 1er ; IIIe part., Chap. VII.

Cet impatient nous permettra de lui dire avec Aristote :

« *Amicus Plato, magis amica veritas* ;

« *Nous aimons notre lecteur, nous aimons plus*

« *encore la vérité.* »

D'ailleurs, la réfutation de ces préjugés trouverait difficilement une place dans le Manuel.

Donc, pour procéder avec ordre dans ce petit travail préliminaire, constatons qu'il y a deux préjugés enracinés dans l'entourage des bègues qui ne suivent aucun cours régulier, et trois qui prennent racine soit dans l'esprit des bègues qui suivent un cours, soit dans leur entourage.

1er Préjugé.

« *Mais allez donc lentement : c'est le seul moyen* « *de vous corriger ; faites comme moi.* » Voilà le thème du professeur en face du jeune bègue qui, après avoir prononcé le premier mot, se précipite à toute vitesse vers la fin de la phrase, parce qu'il sent que le souffle vocal va de nouveau lui manquer. Certes, la lenteur est un excellent moyen pour corriger le bégaiement ; mais lorsqu'il s'agit d'un bègue qui n'a pas suivi un cours régulier et dont l'infirmité est aussi caractérisée qu'invétérée, ce moyen, qui est très long, ne suffit pas.

Il est — pour me servir d'une comparaison dont le terme est relatif à la transmission de la parole — comme le fil métallique dans le téléphone : ce fil doit être accompagné de la pile, de la plaque, etc. De même, il faut, pour que le bègue puisse trans-

mettre sa parole, autre chose que la lenteur. Il faut
qu'il commence par rétablir le rythme respiratoire [1],
puis le fonctionnement régulier de la glotte etc.
Le tout doit être fait, il est vrai, avec beaucoup de
lenteur, et là-dessus nous sommes d'accord ; mais la
lenteur seule ne suffit pas. Aller lentement, Monsieur
le Professeur, est facile... pour vous, mais pas pour
celui qui est tout à fait bègue.

2me Préjugé.

« *Mon enfant a passé deux jours sans bégayer et*
« *aujourd'hui il recommence ; ce matin, à dîner,*
« *il a très bien prononcé le mot* « *tapioca* », *et*
« *maintenant il ne l'articule pas. Evidemment il*
« *y a de sa part un caprice que je saurai bien*
« *faire cesser.* » C'est le *dada* des mères de famille
que nous avons mille fois entendu. Madame, vous
auriez raison si votre œil vigilant avait su découvrir
ce défaut dès son apparition. L'habitude n'ayant pas
encore poussé de profondes racines, vous pouviez,
avec un peu de sévérité et de bonté, la déraciner [2].
Mais aujourd'hui que le bégaiement de votre enfant
est devenu une vraie infirmité, vos conseils, vos
menaces, vos punitions même, dont nous lisons la
nature dans vos dernières paroles, n'y feront rien. Au
contraire, vos impatiences, vos cris et le reste, en
augmentant la frayeur de votre enfant, ne feront que
développer sa névrose. Au commencement il bégayait,

(1) Voir la Méthode, Ch. I., Exerc. I.
(2) Voir les huit premiers exercices de la Méthode.

peut-être parce qu'il le voulait ; aujourd'hui, il bégaie fatalement[1]. Ces intermittences sont un dès caractères du bégaiement, et nous les rencontrons chez tous les bègues.

Confiez-le donc à un spécialiste ou entreprenez sa guérison d'une manière méthodique. Mais si, pauvre mère, vous ne pouvez prendre aucun de ces deux moyens, plaignez votre enfant et faites en sorte qu'après avoir été humilié par les railleries de ses condisciples, son cœur ulcéré trouve dans votre cœur maternel l'affection et les consolations qui lui sont si nécessaires.

Passons aux préjugés enracinés soit dans les bègues qui suivent un cours, soit dans leur entourage.

3me Préjugé.

« *Quoique je bégaie, même lorsque je fais at-* « *tention, cependant je me corrigerai peu à peu.* » Tel est le refrain du jeune bègue lâche et paresseux. Ses parents s'imposent de lourds sacrifices pour lui faire suivre un cours ; lui, voudrait que sa guérison s'opérât en un clin-d'œil, comme le percement d'un abcès sous le bistouri du chirurgien. Il sait que, par son bégaiement, il est quelquefois la risée de ses camarades et il accepterait une pareille opération, fût-elle douloureuse ; il se résoudrait aussi à avaler les produits pharmaceutiques les plus désagréables au goût. Il consent, cependant, à *recevoir* ses leçons et à

(1) Voir le Manuel, IIo part., ch. I.

faire flegmatiquement, *en bâillant,* ses exercices sous
l'œil du professeur ; parfois, au début, il donne, comme
un vieux cheval étique, un petit coup de collier qui
amène une légère amélioration. Mais ne lui demandez
pas plusieurs jours d'entrain et d'ardeur ; il en est
incapable. Avant de nous le confier, les parents
auraient dû corriger sa paresse. Cette petite amélioration, qui est naturellement arrivée à la suite du
premier effort, au lieu de le stimuler et de lui
démontrer la possibilité d'une amélioration beaucoup
plus grande, n'a réussi qu'à le rendormir ; il espère la
conserver. Comme il n'est pas difficile, il trouve qu'il
a fait beaucoup de progrès et il s'en contente plutôt
que de se faire de nouveau violence.

Qu'arrive-t-il alors ? Pendant le temps précieux de
son traitement, dans les intervalles libres qui séparent
les leçons, il ne fait pas les exercices qui constituent
son *devoir d'anti-bégaiement ;* de sorte qu'après la
première semaine il bégaie, même *lorsqu'il fait
attention,* ce qui ne devrait pas arriver chez le bègue
assistant sérieusement à un cours régulier. C'est en
cela que consiste la différence notable entre le bègue
qui ne suit pas un cours régulier ou qui le suit
nonchalamment et le bègue qui suit son cours avec
énergie. Les deux premiers, pendant un temps plus
ou moins long, bégaieront fatalement, même en faisant
attention, tandis que le troisième évitera le bégaiement,
toujours pendant le cours, et presque toujours en
dehors, lorsqu'il fera attention.

Voilà pourquoi on devrait pouvoir graver au fronton

de la porte qui s'ouvre sur un cours sérieux d'anti-
bégaiement cette inscription originale mais vraie :
« *Ici, on ne bégaie pas.* »

Les exercices méthodiques sont, en effet, gradués
de telle sorte qu'on peut les faire tous sans bégayer :
on va du facile au plus difficile et on ne doit attaquer
une difficulté qu'après avoir vaincu la difficulté précédente [1]. Si la méthode est scientifique, il faut qu'après
huit jours de traitement le bègue bon élève, à moins
que son bégaiement ne soit des plus tenaces, puisse
lire, quoique très lentement, pendant un quart d'heure,
sans s'arrêter et sans répéter la même syllabe. Le
reste du temps du traitement doit être consacré à
accélérer, peu à peu, le mouvement de sa diction dans
la lecture ainsi que dans la conversation, et à fortifier
sa nouvelle manière de parler.

Aux observations que l'on fait à ce bègue il répond
toujours : « Je me corrigerai peu à peu. » Pauvre
paresseux ! Vous ne conserverez de vos leçons qu'un
léger redressement, et encore disparaîtra-t-il bientôt
par suite de votre négligence à continuer les exercices
lorsque le traitement sera terminé. Vous irez col-
portant, toute votre vie, aux coins des rues ou dans les
salons, un bégaiement qui sera la flétrissure de votre
insouciance [2].

Mais, disons toute la vérité. Lorsque le professeur
se trouve en face de ce préjugé, voici ce qui est encore

(1) Cet examen de niveau est aussi nécessaire dans l'anti-
bégaiement que dans les études classiques.
(2) Voir le Manuel, III° part., Ch. VII.

plus triste. La lâcheté rend parfois ingénieux, et il n'est pas rare de trouver des enfants bègues assez habiles pour faire patronner leur paresse par les parents qui répètent en chœur avec lui : « *On ne corrige le bégaiement que peu à peu.* » Alors, le malheureux professeur, devant cette coalition inattendue qui paralyse ses efforts, est cent fois tenté de jeter le manche après la cognée, surtout si l'élève suit un traitement individuel. Que ne pouvons-nous arracher le bandeau qui couvre les yeux de ces parents insensés et leur faire toucher du doigt le mauvais service qu'ils rendent, sans s'en douter, à leur enfant !

Ces parents devraient être bien convaincus qu'après la première semaine, leur enfant ne doit plus bégayer en faisant attention, et qu'à partir de ce moment, il doit, non pas se corriger peu à peu, mais *s'améliorer peu à peu*, ce qui est bien différent. Se corriger peu à peu signifie qu'il peut continuer à bégayer quelquefois encore impunément, alors que cela lui est désastreux, puisque, comme le démontre l'expérience, il s'établit un compte courant qui ne se solde jamais en sa faveur. Au contraire, s'améliorer peu à peu signifie ne pas bégayer chaque fois que le bègue fait attention et se perfectionner peu à peu dans cette attention soutenue. Les parents ne devraient donc plus dire : mon fils est paresseux parce qu'il est bègue ; car, après avoir vu leur enfant à l'œuvre, on pourrait, en retournant la phrase, leur répondre avec franchise : « Votre fils bégaie parce qu'il veut avoir le plaisir d'être paresseux. »

4ᵐᵉ **Préjugé.**

« *Je prendrai chaque jour ma leçon ; et, comme le*
« *temps est précieux, je consacrerai le reste de la*
« *journée à mes occupations ordinaires.* » Ainsi
raisonne le bègue laborieux ; il comprend le prix du
temps et il le veut bien utiliser, soit pour ses études
classiques, soit pour les devoirs de sa profession
sociale. Si un préjugé devait être respecté, c'est bien,
semble-t-il, celui qui est basé sur l'amour du travail.
Cependant la vérité nous oblige à dire qu'il y a là une
dangereuse erreur, causée par l'ignorance de la nature
du bégaiement. Le bègue se trouve atteint d'une habitude mauvaise et il lui faut, pour s'en corriger, non
seulement toute son attention, mais aussi des *actes
fréquents et opposés*. Or, si pendant son traitement,
qui ne devrait pas durer plus d'un mois, il s'occupe,
dans l'intervalle des leçons, de choses étrangères à son
bégaiement, son attention éparpillée n'aura plus la
même force pour combattre ce terrible ennemi.

En outre, puisqu'il s'agit de lutter contre une habitude
invétérée qui constitue une seconde nature et qui est
intimement liée à une tenace névrose, il ne lui suffit
pas de se tenir en éveil pendant le cours ; il doit encore
agir pendant les intervalles. Il faut interdire aux
enfants même les devoirs de classe [1]. Et si ces bègues,
travailleurs infatigables, étaient tentés de se plaindre,
nous leur dirions : « Rassurez-vous, chers amis ! le
« temps du traitement consacré à ébranler toutes les

[1] Voir le Manuel, IIᵉ part., ch. Iᵉʳ, art. 2.

« racines du bégaiement, n'est pas du temps perdu,
« puisque si vous le voulez sérieusement il dépend de
« vous d'arriver à une amélioration très notable. Au
« reste, vous rattraperez facilement le temps qui vous
« semble perdu lorsque, joyeux et contents du succès
« obtenu, vous reprendrez votre train de vie habituel. Il
« vous arrivera ce qui arrive au cultivateur qui se repose
« le dimanche : il gagne par le travail accéléré du lundi
« ce qu'il croyait avoir perdu par le repos de la veille.
« Par conséquent vous devez, pendant la première
« semaine du traitement, cesser tout à fait vos occu-
« pations antérieures ; quant aux deux autres semai-
« nes, il faut aussi interrompre ce travail, à moins que le
« genre de vos occupations pendant ces quinze jours ne
« s'harmonise très bien avec les derniers exercices de
« la Méthode relatifs à la conversation. Vous pourriez
« ainsi, — ce qui arrive cependant rarement — trans-
« former tout votre travail habituel en exercices d'anti-
« bégaiement. Observez donc le conseil de tous les
« spécialistes sérieux : il est indispensable, disent-ils,
« de suspendre toutes les occupations habituelles pen-
« dant toute la durée du traitement ; il ont mille fois
« raison. »

Nous pouvons même affirmer que le bégaiement
d'un homme fait, sera, presque toujours, plus tôt
redressé que celui d'un adolescent.

5me Préjugé.

« *Le bègue suivra son cours très régulièrement ;*
« *nous ne lui ferons manquer aucune leçon ; mais,*
« *comme nous ne sommes pas ses professeurs, dans*

« *les intervalles des classes nous le laisserons parler*
« *comme il pourra.* » Voilà ce que ne cesse de
répéter, en chœur, tout l'entourage du bègue.
Parents et amis voudraient bien la guérison ou, au
moins, une amélioration notable ; mais ils semblent
n'avoir nul souci des moyens nécessaires pour
atteindre ce but. Nous aimons beaucoup la liberté,
parce que nous sommes le ministre de Celui qui est
venu l'apporter au monde en rompant les chaînes de
plusieurs millions d'esclaves ; mais nous n'aimons pas,
pour nos élèves, la liberté du bégaiement. Or, si
l'entourage commence par se déclarer neutre, s'il ne
vient pas au secours de l'élève et du professeur, le
bègue, surtout s'il est jeune, *ne se corrigera jamais ;*
car sa volonté qui est faible a besoin d'une énergie
étrangère : l'entourage est pour lui ce qu'est le tuteur
pour un arbre tordu que l'on veut redresser.

Nous avons donné nos soins à une jeune fille qui,
après son traitement, rentra dans son école et battait
la mesure, sous la surveillance de sa maîtresse, chaque
fois qu'elle devait réciter, lire ou parler ; ses petites
amies qui, quelques semaines auparavant, avaient été
témoins du bégaiement de leur compagne, étaient si
heureuses de sa transformation que, le premier jour
de sa rentrée, toutes battaient la mesure en lui parlant,
même dans la rue. Cela produisit un effet bizarre
sur les passants, mais très utile pour la petite bègue
qui se sentait encouragée à parler méthodiquement.

Un petit garçon bègue qui nous avait été confié,
était tellement surveillé par son professeur que celui-

ci lui faisait marquer chaque jour le nombre de fois qu'il avait bégayé ; cet enfant, en voyant la sollicitude de son professeur, était tellement convaincu de la nécessité de son redressement qu'il s'était entendu avec ses amis afin que, chaque fois qu'en jouant il oublierait de parler méthodiquement, ceux-ci lui rappelassent la méthode et la manœuvre labiale.

La mère d'un enfant bègue exigeait qu'il battît la mesure chaque fois qu'il parlait, même pendant les repas ; et alors il devait la battre avec la main inoccupée.

Une autre mère exigeait que sa fille fît force commissions et parlât d'une manière méthodique chez les marchands qu'elle avait eu soin de prévenir, sur la prière de son enfant aussi prévoyante que craintive.

Pour arriver, à la fin du traitement, à un succès sérieux, les parents devraient réunir et combiner leurs efforts ; ils devraient toujours parler eux-mêmes méthodiquement à leur enfant bègue, prendre plaisir à lui faire répéter, dans les intervalles, ce qui a fait le sujet de sa leçon précédente, et récompenser chacun de ses progrès. Quant à leur neutralité, elle est, de fait, impossible. En parlant vite devant le bègue, ils l'obligent, indirectement, à emboîter le pas de course pour lequel il n'a que trop de tendance ; ils sont sans pitié pour la faiblesse des jambes de ce pauvre infirme qui, à moins d'avoir une volonté de fer, oubliant aussitôt et les leçons reçues et ses résolutions, se laisse entraîner par le mouvement accéléré de ses parents.

Hélas ! dès le premier pas, il hésite, trébuche, tombe, se meurtrit et perd en un instant le fruit de longs efforts. Telle est la triste histoire de beaucoup de bègues qui avaient très bien commencé le traitement et que l'on croyait guéris après le traitement. Ils sont certainement les premiers coupables ; mais leurs parents et leurs amis doivent assumer une part de responsabilité : pendant et après le traitement, n'ont-ils pas été comme des traîtres qui durant une guerre ont, avec l'ennemi, des intelligences secrètes ? Nous sommes tellement convaincu de la nécessité, surtout pour les enfants, du concours actif et intelligent des parents que nous avons refusé nos leçons à un enfant dont les parents montraient de l'indifférence pour le succès du traitement.

III.

Réponse à quelques questions.

Après avoir dégagé le terrain, répondons brièvement à des questions qui sont souvent adressées. Nous préviendrons ainsi, pour le lecteur, des malentendus et, pour le professeur, la perte de temps en d'inutiles correspondances.

1. *Quelle est la nature de votre traitement ?*

Nous n'employons ni médicaments, ni opérations chirurgicales, ni instruments quelconques. Nous n'usons que de la *Méthode didactique ;* nous ne faisons, avec le bègue, que de la gymnastique verbale raisonnée ; nous lui réapprenons, méthodiquement, l'art de la parole. En un mot, nous faisons de la physiologie appliquée, en dressant tous les agents de l'âme et du corps qui concourent à l'acte de la phonation.

2. *Quelle est la durée du traitement?*

Trois semaines suffisent pour le traitement proprement dit. Comme ce travail assidu est, pour le bègue, très fatigant, un temps plus long pourrait le décourager. Cependant, lorsqu'il s'agit d'enfants mous ou inconstants, il est très utile de surveiller quelque temps encore, par des répétitions courtes et fréquentes, les résultats acquis pendant le traitement. Mais, quel que soit l'âge du bègue traité, il lui est indispensable — après le traitement et tant qu'il n'est pas tout à fait maître de sa parole — de faire les exercices qui lui sont indiqués : sans eux, les rechutes sont certaines, le traitement durerait-il deux mois.

3. *A quel âge peut-on suivre le cours?*

On peut le suivre à tout âge, à partir de dix ans. Les enfants ont, il est vrai, les organes plus flexibles et ils sont plus dociles ; mais ils ont, en général, peu d'énergie et ne comprennent pas l'importance des leçons qu'on leur donne. Chez les adultes, au contraire, on trouve une volonté mieux trempée ; lorsque le professeur a pu gagner leur confiance, il obtient une amélioration plus prompte et plus persistante. Aussi est-il plus difficile de faire, avec succès, le cours à de jeunes enfants qu'à des adolescents ou à des hommes mûrs, à moins qu'on ne soit secondé par les parents, *ce qui est très rare.* Dussions-nous voir diminuer le nombre de nos jeunes élèves, nous devons dire notre conviction à ce sujet.

Le *bégaiement enfantin* commence ordinairement vers quatre ans et n'éclate que vers dix ou douze ans : pendant ce temps, que l'on pourrait appeler une période d'incubation, il peut être corrigé facilement[1]. Mais le *meilleur professeur est la mère* instruite et patiente, surtout lorsqu'un Manuel bien raisonné et une Méthode très simple viennent au secours des trésors de vigilance et de patience que la Providence a déposés dans son cœur[2].

4. *L'internat est-il plus utile que l'externat ?*

Non, si dans l'internat il y a toute espèce d'élèves acceptés sans choix ; oui, si dans l'internat il n'y a que des bègues désireux de se corriger et constamment contrôlés sur l'application des principes de la Méthode, ce qui est très difficile. Par conséquent, en général, il vaut mieux que le bègue, s'il est adulte, soit seul, et, s'il est jeune, qu'il soit sous la surveillance de parents fermes, mais pleins de bonté.

5. *Les leçons individuelles sont-elles plus utiles que les leçons collectives ?*

En général, non. Les leçons individuelles d'anti-bégaiement produisent souvent la monotonie, l'ennui,

---

(1) Si nous disions *promptement* nous tromperions la mère de famille ; souvent ce travail — quoique suivi d'un succès certain — sera d'autant plus long qu'on l'aura retardé davantage.

(2) Voir les huit premiers exercices de la Méthode qui peuvent être faits, tous, par de jeunes enfants.

la lassitude et le découragement, tandis que, dans les leçons collectives, l'entrain, si nécessaire à ces exercices, se communique d'un élève à un autre et gagne même, quelquefois, les plus indolents. Assez souvent la compagnie produit sur le bègue paresseux le même effet que produit l'odeur de la poudre sur le soldat peu courageux.

6. *Garantissez-vous la guérison ?*

La guérison radicale, non. Ici, presque tout le succès dépend de ce que l'on appelle l'énergie de l'élève. Mais si le bègue nous apporte sa bonne volonté, nous garantissons un redressement notable qu'il peut perfectionner chaque jour en suivant nos conseils.

7. *Vous chargez-vous de corriger vous-même les vices de prononciation différents du bégaiement ?*

Non. Celui qui les a peut s'en corriger, avec le concours d'un professeur ordinaire ou avec les conseils que nous donnons incidemment dans le Manuel, là où nous passons en revue ces divers défauts [1].

CONCLUSION

A défaut d'autre mérite, on voudra bien reconnaître que nos observations ont celui de la franchise et nous osons dire qu'il a son importance dans la question du bégaiement. En les adressant aux bègues et à leurs familles nous avons voulu entrer en relation avec eux et leur faire entendre un langage loyal. Nous n'avons

[1] Voir 2ᵉ part. chap. I. art. 1, 2, 3.

examiné ici que le dehors, l'écorce du bégaiement ; nos lecteurs bienveillants trouveront dans le *Manuel* nos conseils aux bègues et nos principes ; dans la *Méthode* ils trouveront la mise en pratique des meilleurs procédés connus jusqu'à ce jour pour la guérison du bégaiement.

Daigne Celui qui a accordé la parole au premier homme éclairer les parents et les amis du bègue, afin qu'ils comprennent la nature du bégaiement ainsi que leur mission dans le redressement de cette étrange et malheureuse infirmité !